교감
본심

교감 본심

발행일	2020년 6월 30일

지은이	김상백		
펴낸이	손형국		
펴낸곳	(주)북랩		
편집인	선일영	편집	강대건, 최예은, 최승헌, 김경무, 이예지
디자인	이현수, 김민하, 한수희, 김윤주, 허지혜	제작	박기성, 황동현, 구성우, 권태련
마케팅	김회란, 박진관, 장은별		

출판등록 2004. 12. 1(제2012-000051호)
주소 서울특별시 금천구 가산디지털 1로 168, 우림라이온스밸리 B동 B113~114호, C동 B101호
홈페이지 www.book.co.kr

전화번호	(02)2026-5777	팩스	(02)2026-5747

ISBN 979-11-6539-287-1 03810 (종이책)   979-11-6539-288-8 05810 (전자책)

이 도서의 국립중앙도서관 출판예정도서목록(CIP)은 서지정보유통지원시스템 홈페이지(http://seoji.nl.go.kr)와
국가자료공동목록시스템(http://www.nl.go.kr/kolisnet)에서 이용하실 수 있습니다.
(CIP제어번호: CIP2020026167)

비난과 비판을 각오한
교감 아포리즘

교감
校 監

본심
本 心

김상백 지음

북랩 book Lab

머리말

교감이 되어서 했거나 차마 하지 못한 말들이다.
비난이나 비판이 있어도 상관없다.

1.

더 나은 교육을 위해 학교를 바꾸려는 교사의 실천 의지
는 주장하는 것만큼 높지 않다.

실천하지 않기 위해 주장만 하는지도 모르겠다.

2.

늘 불평을 하지만 함께 바꾸자면 뒷걸음쳐서 숨기 바쁘고, 적당하게 자기 생각을 대변하는 관리자만 있으면 만족한다.

3.

교원능력개발평가 제도를 반대한다.

교원 성과상여금 제도를 반대한다.

학교폭력 예방 및 기여 교원에 대한 승진가산점 제도를 반대한다.

현실은 반대다.

4.

부모가 책을 꾸준히 읽으면 자녀는 심심할 때 한 번씩 책을 본다.

교사가 책을 꾸준히 읽으면 학생은 책에 호기심을 갖는다.

부모가 아이에게 책을 읽으라고 다그치는 만큼 아이는 책을 멀리한다.

교사가 학생에게 독후 활동을 강요하는 만큼 학생은 독서를 하기 싫어한다.

부모와 교사가 읽지 않는 책을 자녀와 학생에게 강요하지 마라.

그럴수록 책을 멀리한다.

부모와 교사의 꾸준한 책 읽기가 책 읽는 자녀와 학생을 만든다.

5.

알찬 아침활동은 컴퓨터를 켜지 않고 등교하는 학생과 반갑게 눈을 마주치며 학생들의 동정을 살피는 것이다.

인사가 끝나면 자연스럽게 책 읽는 교사의 모습을 보여주는 것이다.

칠판에 아침활동 상세히 적어두고, 교탁에 유인물 놓아두고 학생들과 같은 시간에 출근하면서 아침활동이 잘되리라 착각하지 마라.

그러면서 아침활동이 잘 안된다고 학생들 나무라지 마라.

그렇게 스스로 알아서 척척 잘하면 학교와 교사의 존재 이유가 없다.

6.

26년 넘게 교원을 하고 있다.

그동안 온갖 교육방법이 난무했다.

결과는 그 교육방법을 주장한 무리들의 이익으로 끝났다.

교사 경력 10년이 넘으면 본인만의 교육방법이 정립되어야 한다.

그 정립된 방법으로 세상의 변화에 능동적으로 대처하면 된다.

학력 향상에 대한 과학적인 근거 없이 일시적으로 유행하는 교육방법은 정말 가치 없다.

최고의 수업방법은 학생들의 학력 향상이다.

7.

법령, 규정, 지침, 매뉴얼은 다수결에 의해 변경될 수 없다.

그대로 실천하라는 교감의 지시를 융통성이 없다고 비난하지 마라.

어기면 징계대상인데 선동한 당신이 면책할 수 있나?

교감의 부당한 지시가 아니다.

8.

수업 시작은 출근 시간이고, 수업 종료는 퇴근 시간이다.
학교생활은 학생들의 성장과 발달을 위한 의도된 수업
시간이다.

9.

교감이나 교장에게 수업, 업무, 학생상담, 생활지도를 하라는데, 교사는 대체 무엇을 할 것인가?

수업은 수업하는 교원, 학생상담은 담임이나 상담교사, 생활지도는 담임교사가 제일 잘한다.

교감이나 교장은 그런 활동을 잘할 수 있도록 다방면으로 지원하는 역할이다.

10.

교사가 교실에서 시달릴 때 교감은 교무실에서 시달린다.

학교에 따라서 편한 교실이 있듯이 편한 교무실도 있다.

엄청 힘든 학생이 있듯이 엄청 힘든 어른도 있다.

11.

승진하려는, 승진하는 교사들을 무조건 힐난하지 마라.

당신의 그런 행위가 내 눈에는 승진하지 못한 데 대한 자기 합리화로 보인다.

자기 합리화가 아니라면 교감이나 교장보다 존경받는 교사가 되어라.

아니면 경력 많은 교사를 교감이나 교장보다 존경해라.

교사가 교사를 존경하지 않으면서 승진하려는, 승진하는 교사를 욕할 수 있나?

12.

좀 더 편하려고 승진했다.

그게 잘못인가?

인간의 본성 아닌가?

교사보다 더 힘들면 누가 교감이나 교장을 하려 하겠나?

그리고 편해 보이는 만큼 편하지 않다.

당신이 해보면 안다.

13.

  좋은 교사가 좋은 교감이 되고, 좋은 교감이 좋은 교장이 된다.

  승진을 염두에 두었다면 좋은 교사부터 되어라.

14.

학생들이 하기 싫은 활동을 간식이나 상품으로 유인하는 외적 동기 유발은 교사가 아닌 사람도 충분히 할 수 있다.

교사의 전문성은 학생들이 하기 싫은 활동을 재미있게 가르치는 능력이다.

15.

업무 적정화는 교사를 학생 곁에 오래 머물도록 하기 위함이다.

업무 적정화로 확보된 시간이 엉뚱하게 사용되면 업무 적정화의 취지를 벗어난다.

엉뚱한 시간을 확보하기 위해 업무 적정화를 주장하지 마라.

16.

공문은 공무원이 처리하는 공식적이고 중요한 문서다.

다양한 해석을 예방하고 쉽게 파악하기 위한 형식적인 문서다.

형식을 준수하지 않는 것은 다양성과 창의성이 아니라 행정 능률을 떨어뜨리는 저촉 행위다.

공무원인 교사는 공문서를 제대로 작성할 줄 알아야 한다.

17.

학교는 학생들의 성장과 발달을 위한 기관이다.

학교는 학생들의 성장과 발달을 위해 회의를 한다.

회의가 학생들의 성장과 발달을 위한 시간을 잠식하면 당장 그만둬야 한다.

현재 학생들의 성장과 발달을 등한시하면서 미래를 도모할 수는 없다.

18.

교사는 수업할 의무와 권리를 가졌다.

의무와 권리를 함부로 아무에게나 넘기지 마라.

학생들을 잘 가르치기 위한 노력을 교사의 전문성 신장
이라 부른다.

함부로 수업을 이양하는 당신은 교사의 전문성을 논할
자격이 없다.

19.

인간으로 살기 위해 교사의 삶을 시작했다.

학교 안에서는 학생들의 성장과 발달을 위한 삶을 산다.

밖의 삶은 인간으로 살고 싶다.

학교 밖, 교사의 삶을 존중하라.

20.

교육 활동을 계획할 때는 예산, 학교운영위원회 심의 유무, 활동기간의 날씨, 학생 안전 대책, 학생 상태, 학교 상황, 교육청의 행사, 학부모 참여 시 고려 사항, 국가 정책에 의한 특이사항 등을 살펴야 한다.

교육 활동과 관계된 법령도 잘 살펴야 하지만 보통 교육청의 매뉴얼에 상위 법령이 포함되어 있어서 매뉴얼만 잘 살펴도 문제없다.

교육 활동은 반드시 학교장의 결재를 득해야 한다.

계획이 변경되는 경우에는 사유가 포함된 변경 계획으로 다시 결재를 득해야 한다.

예산이 변경되면 품의 요구서도 다시 상신해야 한다.

계획과 다른 교육 활동을 하다가 문제가 발생하면 그 뒷감당은….

교사는 계획, 실행, 평가만 하고 행정업무 일체를 지원받는다면 얼마나 좋겠는가?

2020년 현재는 그렇지 못하다.

행정업무 등한시하면 큰 낭패를 당한다.

교감은 낭패당하지 않도록 아낌없이 지도와 지원을 해야 한다.

어찌하지 못하는 행정업무로 날 세우지 말자.

상생하자.

21.

"요즘 교사들 너무한 것 아냐?"

"너도 똑같았어!"

"그래!"

"지금도 그래 보여?"

"조금은 나아진 것 같아!"

22.

교직원의 눈치를 살피기 시작하면 지도, 지시, 조언을 똑
부러지게 할 수 없다.

공평하게 칭찬받으려는 욕심보다 공정하게 비난받으려
는 용기가 더 필요하다.

23.

온갖 소문이 머무는 곳이 학교다.

그런 소문에 귀 기울이지 말고, 귓등에 앉으면 빨리 털어
내라.

소문은 소문일 뿐이고, 사실이라 하더라도 진실이 아닐
수 있고, 진실이라 하더라도 우리 일이다.

24.

우리나라는 어떤 일을 시작하기 전에 위원회부터 만든다는 우스갯소리가 있다.

학교는 51개 이상의 위원회를 운영해야 한다.

교감은 세계 최다 위원장이고 교사는 세계 최다 위원이다.

위원회 천국이다.

25.

대화는 신뢰를 쌓기 위한 소통이지, 신뢰를 잃기 위한
꼼수가 아니다.

돌리고 돌리지 말고 진솔하고 담백하게 대화하자.

어차피 다 알려질 내용인데 비비 꼬면 신뢰만 꼬인다.

신뢰는 꼬인 일도 쉽게 푼다.

대화의 기본은 신뢰다.

26.

본인 문제를 남에게 위탁하지 마라.

공적이면 청탁이고 사적이면 권모술수다.

권력과 권위에 의지하여 문제를 해결하지 마라.

오늘 의지한 권력과 권위는 내일의 채무다.

내 문제는 내가 해결할 때 인간으로 성장한다.

27.

학교 일은 혼자서 하기 힘든 일들이 많다.

돕고 돕는 관계가 형성되어야 덜 힘들다.

그런 관계는 바른말로 맺어진다.

바른말은 지나치게 예의를 차리거나 변죽을 울리는 말이 아니다.

진솔하고 담백하게 전달하는 간결한 말이다.

웃으면서 말하고, 수용하고, 거절하는 말 듣기가 우리의 품위다.

그런 품위를 멀리하면 응어리 가득한 불만의 학교가 된다.

'말듣기'를 위한 말하기가 아닌 말하기와 말 듣기가 필요하다.

※ 말듣다: 꾸지람이나 시비, 책망 따위를 듣다.

28.

교사 경력 10년이면 학교 분위기 나쁘다고 징징거리지
마라.

교사 경력 10년쯤이면 징징거리기보다는 학교 분위기를
만들 경력이다.

교사 경력 10년 되어서 징징거리면 제 얼굴에 침 뱉기다.

29.

그렇게 하지 마라 하지 마라 하면서 제가 그렇게 한다.
그렇게 나쁘다고 나쁘다고 비난하면서 제가 그렇게 한다.
그렇게 힘들다고 힘들다고 하면서 남이 힘든 줄은 모른다.
인간 성장이 안 되면 내로남불의 늪에서 빠져나오지 못
한다.
성찰로 성장하라.

30.

관리자가 학교의 문제를 가장 손쉽게 해결할 수 있는 방법은 '내'가 희생하고 '내'가 양보하면 된다.

하지만 그것은 일시적인 해결이다.

그런 일시적인 희생을 능력으로 포장하면 포장지가 부족한 순간부터 모든 문제가 한꺼번에 불거진다.

학교의 문제를 기관과 기관, 사람과 기관, 사람과 사회, 사람과 사람의 관계를 통하여 근본적으로 해결하려는 의지와 결과가 관리자의 능력이다.

31.

학교 예산은 적기와 적소에 사용되어야 한다.

학교 예산은 계획과 결과가 여러 가지 이유로 일치하지 않을 수 있다.

어느 한쪽이 부족하면 어느 한쪽에서 충당할 수 있어야 한다.

남는 학교 예산은 합법적으로 반납할 수 있어야 국고 손실을 예방할 수 있다.

올해의 예산을 반납했다고 내년 예산을 삭감하면 안 된다.

학생들의 성장과 발달을 위한 학교 예산이 학교 구성원의 자존심과 욕심, 관계의 뒤틀림, 자의적인 해석으로 집행하는 데 방해받으면 안 된다. 도덕적이고 합법적인 근거로 당연하게 집행되어야 한다.

32.

회의는 필요하다.

긴급한 사항을 가장 빨리 개선할 수 있다.

학교의 상황을 가장 빨리 파악할 수 있고 대처할 수 있다.

학교 전체의 상황을 공유하고 이해할 수 있다.

회의의 내용과 방법은 민주적이어야 한다.

회의(會議)가 회의(懷疑)에 빠지는 것은 경계해야 하지만, 회의 자체를 없애는 우를 범하면 안 된다.

회의는 필요하다.

33.

회의는 실천을 위한 소통의 도구다.

동료장학, 전문적 학습공동체, 협의회가 형식에 머물고,
결과가 수업에 아무 영향을 미치지 않는다면 그만둬라.

회의는 빈도보다 내용이다.

34.

학교 구성원을 돕거나 동기를 유발하려고 솔선수범하는 경우가 있다.

그런 의도적인 솔선수범이 보답과 동기유발로 돌아오지 않는다고 짜증 낸다.

솔선수범은 자기만족이지, 생색내기가 아니다.

솔선수범을 꾸준히 실천하다가 힘에 부치면 짜증 내지 말고 조용히 그만둬라.

그렇게 할 수 없다면 그냥 지시하라.

35.

쉬는 시간에 편안하게 볼일 볼 수 있는 화장실이면 족
하다.

안전하게 옷 갈아입을 수 있는 탈의실이면 족하다.

뭉친 다리 잠깐 뻗을 수 있는 편안한 휴게실이면 족하다.

크게 바라지 않는 교사를 위한 복지시설은 항상 뒷전이다.

교감이 되고 나서 달라졌다고 한다.

그렇다. 달라졌다.

교사 때 바라보던 교감 업무를 교감이 되어서 실제로 해 보면 달라지게 되어 있다.

배신이 아닌 이율배반이다.

37.

공기청정기와 마스크도 중요하지만, 환기와 청소부터 하자.

38.

원칙을 지키지 않아도 안 들키면 당분간은 잘 넘어간다.
희한하게 중요할 때 선명하게 드러난다.

39.

스쿨존에선 주행속도 30㎞ 이하, 신호 준수, 주차와 정차를 하지 마라.

스쿨존에선 학생들이 언제든지 무단 횡단할 수 있다는 생각으로 안전 운전하라.

자녀들과 손잡고 무단 횡단하지 마라.

학교 주변 모퉁이를 쓰레기 수거장으로 만들지 마라.

학교 울타리에서 담배 피우지 말고 꽁초도 버리지 마라.

학교는 휴업일과 공휴일도 금연구역이고 운동장을 사용했다면 쓰레기는 되가져 가라.

40.

어느 날 문득 잎과 꽃이 피어 있듯, 학기 초에 계획한 교육 활동을 꾸준히 실천하다 보면 학생들이 문득 달라져 있다.

한번에 달라지는 학생들이 어디 있나?

실망하면서 꾸준히 실천하자.

41.

민주적인 학교문화를 줄기차게 주장한다.
하지만 민주주의를 모르고 알려고도 하지 않는다.

42.

교사가 해야 할 일은 교사가 꼭 하도록 하라.
무턱대고 도와주면 바른 교사가 되지 못한다.
10년이 지나도 징징거리기만 한다.

43.

앎과 논리가 부족하면서 억지로 이기려니 상처 주는 말이 앞선다.

상대방의 앎과 논리에 제대로 대항하지 못했다면 공부로 극복하라.

주야장천 자신의 무지를 상대방에게 전가해 자기 합리화를 꾀한다고 해서 무지까지 옮겨지나!

앎과 논리가 부족한 것은 크게 부끄럽지 않으나 그것을 자각하지 못하면 큰 부끄러움이다.

부끄러움을 인정하고 공부로 성장하여 당당하게 대항하라.

교감을 이기는 방법이다.

44.

교사는 교감의 역할을 제 마음대로 규정짓고 그것에 어긋나면 문제 있는 교감으로 단정한다.

교감은 교사의 단정과 상관없이 할 일을 한다.

모든 교사가 온전하지 않은 것처럼 모든 교감도 온전하지 않다.

온전해야 한다고 요구할 수는 있지만, 그것만이 옳다고 단정 짓지는 마라.

교사가 미처 모르는 교감의 역할이 많다.

학교마다 그 역할의 무게는 천차만별이다.

한 가지가 백 가지를 압도하는 경우도 있다.

45.

교사들의 요구를 다 들어주지 못한다고 주눅 들지 마라.

들어줄 수 없는 요구에 마음 졸이며 뒷걸음치지 마라.

위풍은 내세울 수 없지만, 당당하게 생활하자.

46.

석면 해체 제거 작업 때문에 한 공간에 교장실, 교무실, 행정실을 만들었다.

불편할 줄 알았는데 생각보다 괜찮다.

행정실장이 나와 한 공간에서 계속 있고 싶단다.

얼굴 쳐다보며 대화할 수 있어서 좋단다.

나도 그때그때 바로바로 이야기할 수 있어서 좋다.

사생활 보호와 업무 효율을 이유로 공간을 칸막이로 자꾸 나누는데, 나누는 만큼 마음도 나눠진다.

칸막이한다고 보이는 게 안 보이는 것도 아닌데.

47.

무조건 웃고 박수 보내는 것이 학교 구성원을 돕는 방법
은 아니다.

48.

학교의 짐을 덜어내어 교사들을 학생들의 곁에서 더 가까이 오랫동안 머물게 하기 위해서, 방과 후의 돌봄과 방과 후 학교를 지자체와 마을학교로 이전시키자고 주장했다.

그런데 어중간하게 이전되어 교원이 신경 써야 할 공간이 하나 더 늘었다.

학생들의 성장과 발달을 위한 이전이 정치적 이익으로 전위되고 있다.

마을학교와 행복지구에 관심을 가지려는 교사에게 충고했다.

손익계산에 빠른 사람들의 의도를 간파하고 감내하며 그들의 책임까지 뒤집어쓸 각오가 되어 있는가?

손익계산에 빠른 사람들에게 지쳤을 때 단호하게 발을 뺄 용기와 뻔뻔함이 있는가?

손익계산을 아예 배제하고 학생들만을 위해서 올인할 수 있는가?

49.

교원 강사는 본인의 강의대로 학교와 교실에서 실천해야 한다.

그 실천을 주변인들이 인정하면 훌륭한 강사다.

50.

교감들이여. 교사들에게 욕 들어가며 담임과 업무분장 직접 하지 마라.

교사들끼리 의논하여 결정하면 존중하겠다고 해라.

능숙하게 결정하는 교사들을 존중하고 그런 교사들과 함께 근무하는 것을 큰 복으로 생각하라.

교사들끼리 결정하라고 하면 처음에는 좋아하다가 도저히 할 수 없다고 한다.

본교 경력에 의한 우선권, 이기심을 버리지 못하는 본능의 영합으로 제대로 진행되지 않는다.

자기들이 결정한 뒤에도 이런저런 온갖 이야기가 난무한다.

그럴 때 한마디 해라. "선생님들이 결정하지 않았느냐?"

교감의 2월은 각종 채용과 회의, 교육청에서 뿌려지는 교육정책과 계획 파악으로 정신없는 달인데, 뭐 그런 것까지 욕 들어가며 할 필요 있을까?

결정에 책임지게 해야 성장으로 이어진다.

그런 기회를 많이 부여해야 한다.

51.

교육은 이래야 한다, 저래야 한다고 떠드는 사람들이 아니라 교실에서 학생들을 가르치는 교사들에 의해 이뤄진다.

교육적이라는 이기적인 관념으로 무례한 요구부터 하지 말고 교사들의 소박한 주장에 귀를 기울여라.

교사들의 이야기를 자꾸 듣고 그들의 이야기를 지지할 때 당신이 주장하는 교육이 바뀐다.

52.

독하게 마음먹고 교직원들에게 싫은 소리를 준비했다가
도 막상 기회가 되면 누그러뜨리고 만다.

싫은 소리를 할 때는 참고! 참고! 참았던 것이 폭발할
때다.

그래서 새된 목소리가 교무실의 창문을 넘어 학교 구석
구석을 찌른다.

참으려고 했으면 끝까지 참고, 말하려면 솔직담백하게
전달해라.

참고, 바르게 전달하는 공부와 연습이 절대적으로 필요
하다.

그렇지 않으면 큰일 당한다.

조심하자.

53.

교사로서의 한계를 뚜렷하게 느꼈다.

교감이 되면 그 한계를 극복할 수 있을 줄 알았다.

함께하자 했더니 교감의 말은 본능적으로 거부한다.

학생들의 성장과 발달을 위해 품은 뜻, 교감이 되어도 쉽게 실천할 수 없다.

54.

현명한 선택을 위해서는 민주적인 회의 문화가 필요하다.
하지만 회의의 결과가 빈번하게 정의에 어긋나고, 학생들
의 성장과 발달을 이끌지 못하고, 안락만을 추구한다면
관리자의 독단이 더 낫다.

55.

여러 가지 이유로 그들을 비판했다.

그 비판을 극복할 기회가 주어졌다.

그런데 극복하는 방법이 비판한 그들과 똑같고 내용은 더 얕다.

성장을 위한 비판이었는지, '나'를 과시하기 위한 비판이었는지 주제 파악부터 하자.

56.

교원지원청아!

제때 제대로 지원 좀 해주라.

57.

행정실장과 교감이 싸워봐야 학교 구성원들만 힘들다.
문제가 발생하면 같이 해결해라.
당연히 제가 해야 할 일을 떠넘기면 어처구니가 없다.
그때는 따끔하게 충고하고 지시해야 한다.

교감과 행정실장이 같은 직위라고 주장하는데 감사를
받아 보면 행정실장이 잘못한 것을 교감이 관리 감독을
잘못했다고 함께 징계받는다.
교감이 행정실장보다 우위라는 당연한 주장을 반복하려
는 것이 아니다. 다만 이젠 쓸데없는 입씨름은 그만하고
고유의 역할을 제대로 하자.
힘들면 서로 돕고.

58.

위험을 감지하는 능력을 길러주는 교육이 최고의 안전교육이다.

안전교육과 체험을 장난스럽게 하여, 마음 내키는 대로 해도 안전하다는 인식을 심어주는 교육은 학생들을 더 위험하게 한다.

59.

기피하는 학교에 근무하는 교사들의 행정 뒷바라지는 그렇지 않은 학교보다 훨씬 많다.

그래서 교사가 기피하는 학교는 교감도 기피한다.

하지만 합심하여 선호하는 학교로 만들면 서로 편리하다.

60.

모든 원인을 교감에게 돌리면 마음은 편하다.
모든 원인을 학생에게 돌려도 마음은 편하다.
모든 원인을 학부모에게 돌리면 마음은 편하다.
그들도 마음 편하게 모든 원인을 당신에게 돌린다.

61.

돈이 모든 판단 기준이 되었다.

학교라고 해서 다르지 않다.

아무리 잘해줘도 돈이 문제 되면 잘해준 것은 허사다.

돈을 집행할 때는 느슨함보다 쫀쫀해야 한다.

느슨하면 한 번만 고마워하고 두 번째부터는 당연하게
여긴다.

62.

학교 공사를 제대로 하지 않아서 보완하라 하면 갑질이
라 한다.

학교는 돈 들여서 다시 한다.

갑질이라는 단어가 안전과 품질을 집어삼켰다.

갑질의 판단을 업자에게 맡겼기 때문이다.

63.

술 마시면서 학교 이야기할 수 있다.

하지만 결정은 하지 마라.

혼자서 술 마실 일 많아진다.

64.

어느 고등학교, 대학 출신인지 관심 없다.
교육대학교 기수가 어떻게 되는지 관심 없다.
승진을 염두에 두고 있는지, 아닌지 관심 없다.
몇 살인지 관심 없다.
교원 인사기록카드도 꼭 필요한 경우에만 본다.
학교생활 잘하면 훌륭한 교사이지, 교감이 뭘 더 알아야
하나?

나에 대해 물어오면 있는 대로 대답한다.
그런데 다른 사람의 정보를 물어보면 정말 아는 게 없어
서 모른다고 한다.
그러면 그 정도도 모르냐는 듯이 눈을 흘긴다.
내가 왜 다른 사람의 개인 정보를 알고 있어야 하나?

무관심하게 살면 좋은 점이 많다.
선입견으로 그 사람을 판단하지 않는다.

나이를 잘 모르기 때문에 하대하지 않고 존중한다.

하고 싶은 이야기를 진솔 담백하게 할 수 있다.

아는 게 없어서 겸손해지고 얽매인 게 없어서 당당해진다.

아는 게 없어서 소문을 낼 수 없고 휩쓸리지 않는다.

쓸데없는 정보 수집에 낭비되는 시간을 주체적으로 활용할 수 있다.

아는 게 없어서 그 사람의 말과 행동으로 알아 가는 재미가 있다.

오지랖이 넓지 않아 점잖아 보인다.

도움을 요청하는 경우만 정성껏 도울 수 있어서 내 삶이 편하다.

65.

함께 술을 마셨으면 직위, 직급을 떠나서 헤어질 때 음주운전 안 하도록 꼭 살피자.

함께 술 마시고 낭패 보는 일이 없어야 오랫동안 술친구를 할 수 있다. 술 마시는 사람끼리 서로 다치는 일이 없도록 음주 의리는 꼭 지키자.

그런 의리 있는 사람끼리만 술 마시자.

66.

나 말고 당신을 존중하는 사람 있어?
나쯤 되니까 존중한다.

67.

앎을 행하여 성장하는 교원이 있는 반면, 성장했다고 주장만 하는 교원도 있다.

68.

무지는 실천의 동력이 아니다.
자각의 원천이다.

69.

더 나은 교육 활동으로 학생들의 성장과 발달을 더 돕기
위하여 행복한 학교문화를 주장했다.

독단과 독선에 의한 선택보다 더 나은 결정을 하기 위해
민주적인 학교문화를 주장했다.

학교 민주주의를 주장하는 어떤 이가 그게 아니라고 한다.

그가 주장하는 학교 민주주의는 무엇일까?

70.

타인의 삶은 자신의 삶과 일치할 수 없다.

일치를 강요하면 파시스트다.

세상 변화를 주장한다면 차이부터 인정해라.

당신이 보는 세상이 전부가 아니고 당신의 앎이 세상 이치가 아니다.

71.

교감은 꼼꼼해야 한다.

숫자 하나, 문서 한 장에 교원들의 삶이 달라질 수 있다.

72.

승진하는 교사가 다 좋은 교사 아니다.

승진하지 않는 교사도 다 좋은 교사가 아니다.

학생들의 성장과 발달을 위해 애쓰는 교사가 좋은 교사다.

승진하고, 하지 않고는 교사의 평가 기준이 아닌 교사 자의의 선택일 뿐이다.

73.

학생들의 성장과 발달을 이끄는 전문가가 교사다.

그런 정성을 숫자로 정량화하여 교사를 평가할 수는 없다.

현재의 교사 승진 제도는 시대의 요구에 일부 부합되지 않는다.

학생들의 성장이나 발달과도 무관한 결과들의 숫자 합계로 이뤄진다.

정량평가는 절차는 공정하지만, 정의로운 결과라고 할 수 없다.

승진 제도의 개선 방향은 학생들의 성장과 발달을 위해 애쓴 교사의 정성이어야 한다.

하지만 정성평가는 평가자의 관점, 의도, 의지, 인정에 영향을 받는다.

그래서 정성을 정량으로 표현할 수 있는 과학적인 연구가 필요하다.

급한 마음으로 정성평가에 지나치게 치우치면 권력에 줄을 서야만 승진할 수 있다.

진보를 위한 개선이 퇴행으로 이어질 수 있다.

강한 의지만큼 개선의 발걸음은 신중해야 한다.

74.

회의 시간에 소신 발언해도 불이익이 없다.

하고 싶은 수업을 마음껏 해도 불이익이 없다.

회식에 참석하지 않아도 불이익이 없다.

노래방에 같이 가지 않아도 불이익이 없다.

택시 잡아 요금 대신 내 주지 않아도 불이익이 없다.

불이익을 받으면 도교육청 감사과나 갑질센터에 바로 신고하라.

공문으로 하지 말라는 활동은 하지 마라.

법령에 어긋나는 활동은 하지 마라.

규정, 지침, 매뉴얼에 의한 절차는 지켜라.

이런 것까지 책임져 주는 간 큰 교감 없으니 제발 잘 살펴라.

75.

 조정자인 교감은 학교 구성원을 궁굴리는 재주가 있어
야 한다.

76.

민폐 끼치지 않으려고 혼자 나가서 먹어도 찜찜하고, 함께 먹고 각자 계산해도 찜찜하고, 출근일마다 다 계산하려니 호주머니가 걱정되고.

방학 중 점심 해결이 제일 불편하다.

77.

교사들이 생각하는 것보다 교감은 우유부단하지 않다.
그렇게 보이는 것은 결정자가 아니기 때문이다.

78.

교원은 국가공무원이다.

혜택도 있지만, 개인 삶의 희생도 요구한다.

부당한 희생에는 분노해야 하지만, 혜택만을 향유하고자
애쓰면 국가공무원의 자질이 없다.

국가공무원은 국민과 국가를 위해 봉사하는 직업이다.

잊지 말자.

79.

자녀는 부모님이 생각하는 것보다 똑똑하지 않다.

아이들은 자기 보호를 위해 본능적으로 거짓말을 한다.

자녀의 말에 무조건 분노하지 말고, 담임에게 차분하게 전화 상담하라.

자녀와 담임의 말이 어긋나면 담임의 말을 더 믿어라.

자녀를 잘 키우는 가장 쉬운 방법이다.

80.

학교에서 배부하는 안내장을 꼭 확인하라.

확인하기 힘들다면 학교 홈페이지의 공지사항이나 가정통신문 게시판을 꼭 확인하라.

댁의 자녀에게만 특별하게 안 알려주는 학교는 없다.

자녀 책가방 안에 있는 학교의 여러 가지 유인물과 알림장을 매일 살펴라.

81.

 주장하기 위해서 이유를 찾는 것과 이유가 있어서 주장
하는 것은 엄연히 다르다.

 부끄러운 마음을 들키지 않기 위해 현혹할 변명을 찾는
것과 현상을 개선하기 위한 근거는 다르다.

 전자는 야비하다.

82.

학생에게 교사 심부름을 시키면서, 학생에게 교사 자리를 청소시키면서 학생 인권을 논하지 마라.

83.

 학생 자치는 그들의 문제를 그들이 해결하는 교육 활동
이다.

 교원은 그들의 자치활동이 정의에 어긋나면 스스로 수정
할 수 있도록 도와야 한다.

 학생 자치에서 교원의 역할이 중요한 이유다.

84.

내가 세상을 바꾸는 것이 아니라 나를 따라 하는 누군
가가 세상을 바꾼다.

학교를 바꾸고 싶다면 누군가가 따라 할 때까지 꾸준히
실천하라.

85.

그들은 자본에 의한, 자본을 위한, 자본의 무한 경쟁에
따른 인간성 상실을 비판했다.

그런 그들이 돈으로 같은 편이 되라고 유혹한다.

그들도 역시 신자유주의자들이다.

86.

성과상여금은 수당으로 전환하고 폐지해야 한다.

당연히 받아야 할 봉급 인상분이다.

교원능력개발평가는 실효성이 전혀 없기 때문에 폐지해야 한다.

행정업무만 늘어났다.

학교폭력 예방 및 해결 기여 교원에 대한 승진가산점은 학폭이 일어나기를 바라는 교원이 아무도 없기 때문에 폐지해야 한다.

학생 지도는 교원의 고유업무다.

자녀가 학교에 있는 동안은 부모님보다 교사가 자녀를
더 보살피고 아낀다.

그리고 자녀의 가정생활이 교사에게 잘 전해져야 교사
가 자녀를 더 잘 보살피고 아낄 수 있다.

부모가 자녀를, 교사가 학생을 대하는 마음은 같다.

장소만 다를 뿐이다.

88.

담임이 자녀의 학교생활을 알려주지 않는다고 나무라지 마라.

그만큼 자녀가 학교생활을 잘하고 있다는 뜻이다.

담임이 자녀의 학교생활의 부족한 부분을 알려왔다면 진지하게 수용하라.

전화하기 전에 수십 번을 지도하고, 수백 번을 인내하고, 수천 번을 고민한다.

담임은 학부모에게 결코 즉흥적으로 전화하지 않는다.

담임은 문제없는 학생을 문제 있는 학생으로, 문제 있는 학생을 문제없는 학생으로 바라봐달라고 강요하는 일부 학부모들 때문에 정말 힘들다.

① 많이 알고 제대로 실천하는 교사가 있다.

② 어중간한 앎으로 항상 동료를 시기하고 질투하는 교사가 있다.

③ 의심하지 않고 비교하지 않고 아는 대로, 배운 대로 무작정 학생을 열심히 가르치는 교사가 있다.

①번은 나무랄 데 없이 따라 해야 할 교사다.

②번은 정말 함께하기 어려운 교사다. 사사건건 시비고 본인 욕심에 어긋나면 모함의 소문을 생산한다. 이런 교사가 ①번의 교사가 되는 것을 본 적이 없다.

③번은 ②번보다 훨씬 나은 교사다. 선배 교사는 ③번이 ②번에 빠지지 않고 ①번이 되도록 제대로 도와야 한다.

90.

교사를 돕기 위해 교감이 되었다.

그러나 교감이 되고 나서는 본능적으로 교감을 변호하게 된다.

그러면 안 되는데.

91.

교감의 지도와 지시를 간섭으로 받아들이는 마음을 간섭할 생각은 없다.

그런 간섭이 싫으면 불편한 지도와 지시가 반복되지 않도록 하라.

지도와 지시가 아닌 간섭이라면 허심탄회하게 논증하자.

우리가 그 정도의 품격은 되지 않나?

92.

초등교사는 학생들과 체육수업을 즐겁게 할 정도의 체
력은 있어야 한다.

학생 체력 저하도 문제지만, 교사 체력 저하도 문제다.

상관관계가 있다.

본인과 학생 건강을 위해 체력을 기르자.

93.

책을 즐겨 읽는 환경을 조성하고 세상 변화에 관심을 갖는 질문을 자주 하라.

궁금증이 생기면 관련 서적, 축적된 지식, 교사를 비롯한 전문가들의 도움을 빌려 탐구하도록 격려하라.

탐구한 내용을 다양한 방법으로 표현하도록 하라.

영역, 내용, 깊이보다 탐구 태도를 더 칭찬하라.

꾸준히 실천하면 학생들의 창의성은 길러진다.

94.

교사가 일반인보다 학생들을 더 잘 가르치는 것은 당연
하다.

교사가 학생들을 더 잘 가르치기 위해서 나름의 특기를
가지면 좋다.

특기의 수준을 그 분야의 일반 전문가들과 비교하며 교육
분야에 특성화시켜 수업에 활용해야 진정한 교사 특기다.

95.

초등학교에 방과 후 학교가 도입된 이후부터 운동장에서 자유롭게 놀던 학생들이 사라졌다.

학생들이 운동장에서 놀고 있으면 어른들은 불안해서 어쩔 줄 모른다.

학생들이 끼리끼리 모여 노는 것이 불안한 사회가 되었다.

96.

최고를 추구한다.
최고라고 고집 피우지 않는다.

97.

교감이 알고 있어야 하고, 알고 있는 것도 갑자기 물어오면 단번에 생각나지 않는다.

옆에 있는 이가 대신 대답해주는 상황이 벌어지면 순간적으로 자괴감이 밀려온다.

이제는 부끄러운 마음으로 대신 대답한 사람에게 언짢은 마음을 갖지 않는다.

나만 그런 것이 아니라 사람마다 다 그런 당황스러운 상황이 있더라.

98.

복무를 포함한 교사의 학교생활을 학생의 학교생활과 같
이 이해달라는 교사들이 있다.

그러려면 교사를 왜 하나?

그냥 학생 하지?

99.

회의 시간에 제발 제대로 들어라.

못 들었다고 우기지 말고.

당신이 뭐라고 회의마다 엉뚱한 짓 하는 당신을 위해 두 번 말해야 하나?

당신 때문에 회의가 많아지고 길어진다.

100.

부작용이 있다고 무조건 없애면 학교도 없애야 한다.

101.

남에게 강요하려면 자신에게도 강요하라.

102.

교사에게 잘 보이려고만 교감 되지 않았다.
교장에게 아첨하려고만 교감 되지 않았다.

103.

믿고 싶은 것만 보았다.

믿고 싶은 것만 들었다.

믿고 싶은 것이라 좋아했다.

믿고 싶은 것이라 퍼뜨렸다.

후회한다.

104.

교감, 교장 얼굴보다 학생의 얼굴을 쳐다보며 하고 싶은
수업 당당하게 해라.

105.

업무 처리하는 요령이 아쉬워서 이런저런 잔소리를 많이
했다.

다른 학교로 이동하는 날에 부족한 부분이 많아서 죄송
하단다.

그냥 지나쳐도 되는데 일부러 찾아와서 반갑게 인사한다.

참 미안하다.

그냥 미안하다.

그게 아닌데.

106.

남의 학교에 있는 것이 좋아 보여서 무조건 따라 하면
애물단지 된다.

더 나은 교육과 학교를 위해 민주적인 학교를 주장했다.

민주적인 학교를 주장하는 이들도 같은 생각인 줄 알았다.

아니더라. 관리자 대 교사의 계급투쟁으로 접근하더라.

그런 투쟁이 성공하려면 자기 성장과 대중의 지지가 절대적이다.

권력에 의지하여 작당하지 말고 성장의 일반화로 대중들의 지지부터 얻어라.

그리고 주장하는 노선을 선명하게 하라.

108.

옆 반 교사가 당신의 가장 큰 힘이다.
소통하여 연대하라.

109.

사람들은 두 인사에 민감하다.

둔하면 빌미를 제공한다.

※ 인사: ① 사람들 사이에 지켜야 할 예의로 간주되는 것. 또는 그러한 예의
를 지키기 위한 행동. ② 직원의 임용이나 해임, 평가 등과 관계되는 행정적
인 일.

110.

근무 시간에 해결해도 될 일을 근무가 아닌 시간에 알리지 마라.

미리 알려주려는 고마운 마음보다 미움이 앞선다.

만약 그런 연락을 받는다면 그분의 평소 인품으로 고마움과 미움을 판단하라.

111.

문제를 해결하고 싶으면 꾸미지 말고 있는 그대로 말하라.
그래야 문제가 해결된다.

있는 그대로 말하면 본인을 탓할까 봐서 빙빙 돌리거나
다른 핑계 대면 반드시 또 다른 문제가 생긴다.

숨은 뜻을 찾는 국어 시간처럼 대화하지 말자.

112.

더 나은 교육과 학교를 위해 정의로운 학교 구조 구축을
주장했다.

아니더라. 구조보다 사람이 문제더라.

그리고 정의로운 사람들이 정의로운 구조를 만들더라.

113.

SNS는 세상의 0.1%도 대변하지 않는다.

끼리끼리 '좋아요'와 칭찬 일색의 댓글을 달 뿐이다.

0.1%의 비위를 맞추다 보면 99.9%의 세상을 잃는다.

114.

공문은 간결하면서도 명확해야 한다.

읽는 사람에 따라서 해석이 달라지면 안 된다.

115.

학교는 과연 어떤 일까지 해야 할까?

자고 일어날 때마다 학교 일이 늘어난다.

끝은 어디에?

자꾸 학생들에게서 멀어지는 학교다.

116.

교감은 일하는 시간과 쉬는 시간이 정해져 있지 않다.

교사가 수업할 때 교감이 허리 돌리고 있으면 교감의 쉬는 시간이다.

117.

    교감은 학교의 모든 이들에게 노출된 공간에 있다.

    비밀을 요하는 문서가 많아서 컴퓨터 화면이 보일까 봐
여간 염려스럽지 않다.

    생리적인 현상도 잘 통제해야 한다.

118.

승진을 하고 말고는 교사의 선택이다.
이러나저러나 후회하는 선택이다.

119.

교감이 교사의 업무를 어설프게 돕는 것보다 본연의 업
무와 역할을 명확히 하는 것이 훨씬 힘들다.

120.

성과상여금 폐지를 주장하면서 B등급을 받았다고 애써 기분 나빠할 필요가 있는가?

내가 인정하지 않는 기준에 의한 등급이 무슨 의미가 있나?

B등급에 흔들렸다면 성과상여금을 인정하거나 적게 받는 돈이 아쉬운 것이다.

B등급 받다가 S등급 한 번 받아보시라.

마음이 확 달라진다.

성과상여금이 폐지되지 않는 이유다.

121.

교감이 되고 나니 잠을 설치는 날이 더 많다.

교감이 되어 보면 안다.

122.

교실 안 가 봐도 교실 상황이 대충 보인다.
수업 안 봐도 수업 장면이 훤히 보인다.
교감이 되면 생기는 능력이다.

123.

전부 다 민주투사였단다.

그런데 왜 학교는 아직까지 이 모양 이 꼴이야?

124.

국민학교 1학년 때부터 학교 가기 싫었다.
선생이 되어서도 학교 가기 싫었다.
교감이 되어서도 학교 가기 싫다.

125.

선배 교사가 후배 교사에게 학교생활 대충하란다.

그게 교사로서 할 소리냐?

부끄러운 줄 알아라.

하기야 부끄러운 줄 알면 그런 소리 하겠나!

126.

내 월급 깎겠다는 후보, 방학 때 월급 안 주겠다는 후보
는 찍지 않는다.

어떤 정당이든 내 월급 올려주겠다는 후보, 방학에도 고
생한다는 후보에게 투표한다.

내가 할 수 있는 유일한 정치 활동이다.

127.

내 등급은 어떤 교사에겐 S, 어떤 교사에겐 A, 어떤 교
사에겐 B다.

128.

교사 때는 책으로 아침을 열었다.

교감이 된 후로는 컴퓨터로 아침을 연다.

129.

현명한 선택을 할 수 있도록 돕고자 하는데 자꾸 결정을 내려달라고 한다.

선택이 현명하지 않아서 좋은 정보와 함께 재고(再考)를 권하면 결정에 간섭하지 말라고 한다.

이 차이를 좁히는 마음나눔이 민주적인 학교문화다.

130.

교감 업무는 걱정거리의 연속이다.

미리 걱정한다고 해결되는 것은 더욱 아니다.

해결방법은 다 있다.

정의롭게만 해결하자.

131.

교감의 업무를 교사에게 넘기면 안 된다.

가능하면 교사의 업무를 도와야 한다.

하지만 교사에게 중요한 업무는 교사의 도움을 받아야 교사가 손해 보는 일이 안 생긴다.

교감 업무는 교감 혼자 다 해야 한다는 지나친 부담감이 일을 그르칠 수 있다.

평소 인품으로 교감을 도와주는 교사를 만들어라.

132.

교감에게 하는 말과 동료 교직원에게 하는 말이 심심찮
게 다르면 신뢰할 수 없다.

위장한 친절로 교감과 신뢰 쌓으려 들지 마라.

학교에서 살아온 세월이 몇 년인데 그 정도를 모르겠나?

위장한 친절은 위장한 신뢰일 뿐이다.

133.

어제 한 말과 지금 하는 말이 의도적으로 다르다.

믿을 수 없다.

내일 또 다를 건데.

134.

환경교육의 기본은 쓰레기를 적게 만들고, 생산된 쓰레기는 철저하게 분리 배출하는 것이다.

기본을 제대로 실천하지 않는 다양한 환경교육이 무슨 소용이 있을까? 오히려 쓰레기만 더 생산한다.

학생들이 꼭 해야 할 것을 단순하게 구성하여 실천하게 하자.

135.

교감이 교직원을 보호하는 것보다 자신을 더 보호하려
하면 누가 교감이라 불러주겠나?

136.

모임에 가면 교육감이나 교육장을 잘 안다며 거들먹거리
는 사람이 꼭 있다.

교원들이 당신보다 교육감이나 교육장을 더 잘 안다.

우리 일 우리가 알아서 할 테니까 신경 끄세요.

막무가내식 목적을 이루기 위해 교장실에 찾아와서 무조
건 교육장, 교육감 찾아간단다.

그러려면 처음부터 교육장, 교육감 찾아가라.

학교로 돌려보낸다.

법과 상식으로 학교장과 소통하라.

그게 가장 빠르고 합리적인 문제 해결 방법이다.

138.

잘하는 동료를 따라 하지 않는다고 비난하지 않는다.

잘하는 동료를 끌어내리지는 마라.

그러면 비난받는다.

139.

참아야만 하는 사람이 정해져 있지 않다.
참아야만 해서 참는다.

140.

교사가 학생을 보는 시각이 제일 정확하다.

교사 평가를 주관적이라고 부정하면 학생이 교사에게 배우는 행위도 당위성을 잃는다.

교사 평가를 주관적이라고 거부하면 할수록 공교육은 추락하고 사교육은 승천한다.

무엇보다 교사 평가를 부정하는 행위는 심각한 교권 침해다.

교사가 판단하는 평가 결과를 주관적이라 신뢰하지 않
겠다며 객관식 평가만을 고집한다.

그러면서 다양성과 창의성 교육을 운운한다.

주장하는 내용이나 알고 주장하자.

142.

내 말을 신뢰하지 않는 사람을 좋아할 수 없다.
미워하진 않는다.
말은 숨긴다.

143.

미루어 짐작하는 앎과 경험으로 얻은 앎은 다르다.

미루어 짐작하는 앎으로 경험의 앎을 난도질하면 정말
짜증 난다.

미루어 짐작하는 앎이 경험으로 얻은 앎보다 많이 겸손
하면 좋겠다.

144.

교원은 자기가 생각한 대로 말을 한다고 단언한다.

착각이다.

생각한 대로 담백하게 말하는 재주를 가진 교원들은 많지 않다.

감정 상하지 않게 하려고 은유적으로 말할수록 하고 싶은 말은 희석된다.

그냥 진솔하게 말하라.

교원은 말하지 않아도 의도를 알아주기를 바란다.

착각이다.

그냥 용기 내어 말하라.

145.

교사가 교감의 눈치를 보며 하루를 시작하게 하지 마라.
학생들 눈치 살피기도 힘들다.

146.

평소에는 융통성 없이 교직원을 옭아매고, 위기상황에
선 존재감이 없다.

무능한 교감이다.

147.

집 안 청소는 당연하다.

그래도 아내가 잘했다고 칭찬하면 기분 좋다.

학생들도 그렇지 않을까?

148.

기초학력 신장이 공교육의 목적이 아니라고 강요한다.

공교육의 목적은 전인교육과 인간의 성장이라고 주장한다.

기초학력 없이 전인교육과 인간의 성장이 가능하나?

기초학력은 인간 성장을 위한 기본 조건이다.

무식으로 우기지 마라.

149.

  학생들이 학교 화단으로 자연과 환경에 관심을 가졌으면
좋겠다.

  교과서에 나오는 동식물 몇 종은 학교 화단에서 관찰할
수 있으면 좋겠다.

  학생들이 자유롭게 드나들 수 있는 학교 화단이면 좋겠다.

150.

학교 텃밭은 키움의 몰입과 보람의 교실이다.

학교 텃밭을 이용한 교육을 하려면 어느 교과보다 더 많은 교재 연구를 해야 한다.

교재 연구에 따라서 우리나라에서 가장 비싼 땅이 될 수 있다.

법령으로 학교를 겁박하지 마라.

애초에 우리는 학생 지도를 법령으로 강제하려 하지 않았다.

너희들이 학교를 법령으로 강제하고 겁박했는데 우리 보고 뭐 어쩌라고.

우리도 감옥 가기 싫은 사람이다.

세계 최초라고 자랑한 학폭법 때문에 학폭이 없어졌나?

그 학폭법 때문에 징계받는 우리만 늘었다.

학생들 지도는 더 안 되고.

152.

창의성을 강조하는 사람들의 창의성은 없다.

창의성의 의미도 제대로 모른다.

창의성이 교실에서 일반화되지 않고 혀에만 일반화되었다.

153.

지루하면 친구를 찾는다.

지루하면 책을 본다.

지루하면 운동한다.

지루하면 자연으로 간다.

지루하면 잠을 잔다.

지루하다고 스마트폰은 켜지 않는다.

평생이 지루할까 봐.

154.

교육부와 교육청은 일반인과 함부로 소통하지 마라.

학교와 사회와의 관계를 이해하지 못하는, 학교를 통찰하지 못하는 그들과 함부로 소통하지 마라.

부족한 지식과 치우친 시선으로 편협하게 주장하는 그들과 함부로 소통하지 마라.

교육부와 도교육청이면 그 정도의 판단 역량은 있어야 한다.

일개 교감도 판단이 되는데.

155.

위급할 때는 욕 들을 각오하고 최선의 결정을 해라.

여론을 수렴한다는 우유부단한 모습은 민주를 가장한 책임회피다.

위급할 때 현명한 판단을 내리라고 당신을 뽑았다.

※ 보충: 여론 수렴은 평소에 잘하고, 위급할 때 현명한 선택을 도와주는 특별한 그룹을 당신의 리더십으로 관리해라.

156.

불신과 통제의 삶을 강요하면서 다양성과 창의성 교육
을 운운한단 말인가!

157.

한 번 무너진 원칙은 더이상 원칙이 아니다.

158.

책임지지 못할 뜻은 펼치지 마라.
사기꾼과 뭐가 다른가?

부장교사는 그 역할에 충실해야 한다.

자의든 타의든 부장교사가 되었다면 그 역할에 충실해야 한다.

그럴 자신이 없다면 부장교사 임용을 끝까지 고사해야 한다.

160.

학교 구성원들은 하는 일만 다른 동료다.

이런 동료의식이 확고하지 않은 관계는 평등보다 기망이다.

기망의 인간관계는 학교생활을 경계와 긴장으로 이끈다.

늘 피곤하다.

161.

평등한 인간은 자신과 남을 동일시한다.

배려와 존중은 평등한 인간의 기본 습속이다.

무시와 침해, 모욕과 모독은 계급의식의 발로다.

계급의식의 발로로 평등한 학교를 만들 수 없다.

162.

 학교 구성원은 각자의 역할에 정직하고 정확하면 그만
이다.

 사랑과 헌신, 존경을 요구할 권리는 없다.

 그럴 요량이면 먼저 사랑하고 헌신하고 존경하라.

163.

권위와 억압, 자유와 방종, 권리와 완력의 경계가 설정되어 있는가?

경계의 기준은 평등을 지향해야 한다.

민주적인 학교의 지향점이다.

164.

학교 구성원들은 각자의 역할로 권위를 갖는다.
그 권위는 봉건적인 계서제의 차별이 아니다.
조건들의 평등에 의한 차이이다.
마땅히 모든 권위는 존중받아야 한다.

165.

학교 구성원들을 무시할 의도면 굳이 의견을 묻지 마라.
그냥 하고 싶은 대로 해라.

166.

진정한 보답은 챙겨줘서 고맙다는 겉치레 인사가 아니다.
당신의 직무에 더 충실하면 그것이 진정한 보답이다.

부당하다면 부당함을 말하라.

힘들면 도와달라고 말하라.

노조 운운하며 겁박하지 마라.

당신의 그런 겁박이 노조를 고립시킨다.

노조 운운할수록 당신이 믿는 그 노조는 힘을 잃는다.

노조가 당신의 영원한 배경이 되려면 당신의 행실로 조합원을 늘려라.

168.

학교 화단, 마을 고샅길 가장자리의 풀 한 포기가 눈에
들어올 때 자연과 교실, 마을과 학교가 연결된다.
그냥 지나치지 않는 그 풀 한 포기로 삶이 앎이 된다.

169.

아이들이 떼를 지어 자유분방하게 마을을 누비고 다닐 때 추억이 쌓인다.

그 추억이 쌓이고 쌓여서 고향으로 돌아오게 한다.

마을이 미래 학교다.

170.

정선되지 못한, 위험이 덜한 안전한 곳에서, 친구들과 뒤
엉켜 이것저것을 해결할 때 창의성이 발현된다.

절대적으로 안전한 곳에서, 이것저것을 이용하여, 이렇
게 저렇게 하면 이것이 된다는 활동은 주입식 교육이지
창의성을 발현하는 놀이가 아니다.